KB070946

청어詩人選 335

천사들 1004섬의
갯벌 이야기

서옥(書屋) 김평배 시집

설화가 피었던 가로수
샛바람 유혹에
하얀 모시적삼을 벗어버립니다

지난겨울에 헤어졌던
임을 만나려고
추위는 씻어
뜨락에 말리고

청어

천사들(1004섬)의 갯벌 이야기

서옥(書屋) 김평배 시집

생각대로

아장대는
생각에 따라
걸음마의
현실대로

보고픈
느낌대로 그대로
생각은
그때 그 순간 그대로
한 켤레 검정고무신
추억을 신고

발바닥의
아픔대로
그리울 땐 그
고집대로

나의 삶을
찾아서
울 엄니 바느질 매듭의
역마살을 찾아보려
합니다

천사들(1004섬)의 갯벌 이야기

제2부 뒤뚱뒤뚱

제3부　살금살금

제4부 폴딱폴딱

제5부 생각에 잠기면

제6부 수필_마이 패션 슈즈, '꺼멍고무신'

120 마이 패션 슈즈(My fashion shoes), '꺼멍고무신'

제1부

아장아장

봄의 정원

설화가 피었던 가로수
샛바람 유혹에
하얀 모시적삼을 벗어버립니다

지난겨울에 헤어졌던
임을 만나려고
추위는 씻어
뜨락에 말리고

앞산과 뒷산에
나들이 나올
임을 반기려고
대보름달 불을 밝히면

시냇가 여울물이 졸졸거립니다
고드름 눈물에
쏟아질 작별이 서러워

파도

짭짤한 맛깔과
나의 마음에 꽃들이
파장에 진동하는
그리움이 부딪치는 부두에
세상의 응어리 비릿내음

바람에
출렁대는 시상과
요동치는 창작의
나날들

추억이 넘실대는 바다가
부서져 깨어지고 찢어져서
물결에 피어나는
너는 하얀 천지창조
태초의 꽃이라

안개

사계절 수시 마주친 너는
말도 표정도 없이 인사하며
내게로 다가와
어딜 가느냐 물어본다

소식도 없이 찾아온 너는
희끄무레 창백한 얼굴로
네게로 접근해
왜 그러나 물어본다

노을의 수줍은 훔친 너는
온 천지를 회색화한 후에
나에게 쫓아와
무엇 때문이냐 따진다

달빛마저 감춰둔 너는
시간까지 꼬드겨 품에 담고
나에게 슬며시
넌 누구냐고 물어온다

남의 영혼을 삼킨 너는
나의 생각의 꿈 무시한 뒤에
세상 세파와
어찌 그러니 물어온다

찬비

비가 내린다

우산 위 둥지
보금자리 잃어버린
애송이 철새
파르르 떨린
날개와 머리 위에

하늬바람
계절의 봄
차갑고 무서운 비
방울방울
고함을 지르며

뚝뚝 떨어진다

벚꽃 지는 거리

연중 삼월의 봄이
하루의 말미 그 흔하디흔한
석양에 수줍게 피어나면

체취를 따라온 봄이
지평선 거울을 보면서
화장을 지우고

마실 길 소풍의 봄과
설렘의 몸부림 아지랑이
꽃 잔치 끝나고

연중 사월의 봄이
안개 걸음걸이로 사뿐사뿐
여름을 향할 때

휘날리는 비바람결에
순백의 외투 탈의한 고목은
녹색 속곳 춤을 춘다

비석

태어날 적에 지은 이름자
먹물에 묻혀 종이에 적고

생사를 적은
검정색 흑석
망치로 때려
정으로 파서
새긴 글씨들

눈비 내려도
바람 불어도

햇살이 찾은
개울과 풍수
산마루 지리
웃지도 않고
울지도 못할

풋말의 이름 오늘과 내일
달님과 해님 해후는 없다

해돋이

찬바람 노래하는
황포돛대
어둠이 두런대는
이른 새벽에요

수평선의 아침의
고요가 하품하는
첫 바다와
하루가 시작하는
첫 파도가
희망의 꿈 안은
첫 바람이
구름과 생명수의
첫 하늘의
금년이 한가득 한
첫 동녘과
뱃머리의 아침의

파도 위를 노니는
하루의 첫 걸음
금덩이 이글거리는
첫 얼굴입니다

매미와 가을

고목나무 내 집이라고
앵~앵왱왱 우기며
가을을 쫓아버린 매미에게
쫓겨난 가을은
천둥번개 찬바람을 초대하여
집들이 준비에 여념이 없을 적에요

짝사랑 여름이 바람에
앵~앵왱왱 상사병을
목이 쉬어 울어대는 매미를
외면하는 가을은
순백의 겨울과 겨우살이에 바쁘고

안타깝고 너무나 서러워
앵~앵왱왱 이별가를
온몸을 떨며 불러대던 매미를
못 본 체한 가을은
모닥불 놀이 생각에 빠져있고

—

한 평생 사랑의 후회에
앵~앵왱왱 애원하며
땅바닥에서 나뒹굴던 매미에
진저리난 가을은
겨울의 추위와 연애질에 여념이 없다

오월의 복사꽃

무심코 지나친 동네어귀
흰색 자주색 핀 꽃들
천상의 연주에 노래들은
무더운 날 내 모습은
태양처럼 눈이 부실 것이라고요

노닐다 잊었던 비탈 밭
친구들과 지겹게 핀 꽃
옥황상제 입맛 독차지한
오뉴월에 그 자태는
사랑과 행복을 차지할 것이라고요

한잔 술 흥에 겨운 마을
밭고랑에 화장을 한 꽃
꽃잎 하나 둘의 너울들은
춤사위의 결실일 것이라고요

좋은 날 잔칫날 오월에
잎새 사이로 엿보던 꽃
무릉도원 결의 꿈을 모아
달 방앗간 토끼 떡일 것이라고요

밤비

땅거미를 타고 달려온
친구같이 반가운 비

남에게 들킬까봐
어둠에 뒤에서
보슬보슬 내리는
밤의 비는
나의 여인보다
가냘프고 곱고 정다워라

외로움 무서워 도망친
홀로족의 쓸쓸한 비

바람 소리 들릴까 하여
밤새 소리 내어
주룩주룩 내리는
밤의 비는
나 홀로 부르고
불러보는 자장가여라

넝쿨 담쟁이

집과 집 칸막이
우리 뛰어 놀기 좋은 담
절벽을 타고 오른
줄기의 넝쿨과 잎사귀들
사는 골목길에

여기저기 곳곳에
인간들이 쌓아 놓은 벽
이기심으로 한가득 채워대면
헐뜯기 놀이 욕먹는 곳
맞춤형 담장들에

올라타 엿보던
부끄러워 얼굴을 붉히면
태양이 목욕을 하면
동네골목길 개구쟁이들도
이젠 늙어간다

독백(獨白)

어떻게 살아야지
물어보노니
대답이 없다네

어떻게 해야 할지
물어보노니
바람만 분다네

어떤 걸 먹어야지
물어보노니
네가 먹거리라네

어디로 향해야 할지
물어보노니
지가 곧 길이라네

왜 여기 왔느냐
여쭤보노니
인생은 소풍이라네

나는 나와 나를
찾아보노니
자기는 홀로라네

나의 감

남녘소식 하늬바람 품
구름과 햇살냄새로 만든
여름의 태풍은 번갯불
부싯돌 번쩍거림으로
홍시와 곶감을 키우고

밭고랑의 차디 찬 겨울
봄과 여름 가을 눈비바람
햇볕에 말리고 다려서
보름달 동그란 마음으로
키운 황금빛 복덩이

커다란 대봉, 떫은 사곡시, 단성시, 고종시
씨마저 빼앗긴 평핵무
떫떠름한 황야, 부사
다디단 차량, 송본조생부유

그리고 천상의 과실
바다에 빠진 가을과 하늘
오색 저고리 벗고 산골에
숨어서 미역 감는 모습
나 혼자만이 간직하리라

잎새가 질 때면

잠과 꿈의 기 싸움이 요란한 새벽
샛별이 혓바닥 날름거리고

한 해는 마당구석 숨도 못 쉬고
잎새를 벗어버린 고목과
추잡한 신발자국에 멍이든
떨어진 나뭇잎은
지나간 세월에 구멍이 나고

우리들 서로는 누구나
결국은 낡고 닳은 태고의 품 안인데

너와 나 서로가 좋아하는 우리가
왜 그토록 시기를 할까
시간은 떨어진 낙엽의 무덤
잎새가 질 때면
계절도 너덜너덜 다 떨어지고

자신에 기생하는 모든 삶은
가슴과 머리에서 비명을 칠 텐데

흔적

화석의 자욱이 아니더라도
이슬이 내려 머물고
서리가 오면 추위가 오고
비가 오면 낙수가 있고
흰 눈이 내리면
하얀 세상이면 좋겠다

꽃의 열매가 아니더라도
봄에는 따뜻하고
여름에는 시원한 그늘이 있고
가을엔 수확의 기쁨에
겨울에는 곡간의
아랫목에 즐기면 좋겠다

영웅호걸이 아니더라도
열 달 만에 태어난
사람이면 그 간지 돌고 돌며
창조와 영위를 위하여
일 년 삼백육십오일
웃고 살아가면 좋겠다

참새의 편지

동틀 무렵이면 찾아와
서성대는 한 마리 참새
두 팔 벌려 반기려 하면
재빠른 공중재비하며
째~엑 째~엑 째 쨱
간밤소식 전하여 준다

그제와 어제와 오늘도
곁을 도는 한 마리 참새
두 손 내어 악수 청하면
두 발 박차고 올라
푸득 푸드득 후다닥
옛일들을 이야기 한다

아침과 점심 저녁에
마실 나온 한 마리 참새
길 잃은 송아지 엄마 찾으면
모이 쫓다 날아올라
갸웃갸웃 멀뚱멀뚱
뿔에 앉아 술래가 된다

괜히

생각이 많나 보다
괜히
아무도
나도 모르는데

생각이 많나 보다
괜히
누구도
나도 모르는데

생각이 많나 보다
괜히
나도
정말 모르는데

생각이 많나 보다
괜히
내 맘도
정말 모르는데

추위의 모습

자연의 여운 긴 파장 일렁일 때

심신의 껍데기
위 아랫도리의 빈곤

칼바람 휘감아
낯짝과 귀때기를 때리면
속곳에 숨어사는 몸뚱이
해와 달의 임무

세월의 몸뚱이
허공을 맴도는 허무함
동체를 짓밟고 노닐면
한숨 파란 입술

계절의 섭리는
평생 그리움이 환생하는

하얀 이빨들의 화음이 된다

발자국

아침이 기침하는
그곳 그 자리
하루는 그렇게 고운
추억이면 좋겠다

여기의 지금은
내일의 미래는
꿈과 그 구상 처음을
간직하면 좋겠다

뒷모습의 여운
사라진 그림자
흔적의 그 모습 즐거운
아름다움이면 좋겠다

졸음이 눈 부비면
희망과 소망이
깃든 잠이 항상 변하지
아니하면 좋겠다

제2부

뒤뚱뒤뚱

의구심

떠돌이 바람 구름이
뭘까
물어나 볼까나

춤추는 강과 바다가
뭘까
물어나 볼까나

푸르른 창공 하늘이
뭘까
물어나 볼까나

어어 세상의 이웃이
뭘까
물어나 볼까나

허어 무슨 일들이
뭘까
물어나 볼까나

그래 이건 뭐야 뭐
뭘까
물어나 볼까나

누구냐

난
실체가 뭐냐

넌
정체가 뭐냐

난
무엇이냐

넌
어떤 거냐

너와 난 그럼
우린
뭐란 말이냐

치섬

바다를 멍석 삼아서
혼자 노닐다가
흠뻑 지쳐버린
하루가 쉬어가는 고향

천사(1004개)의 섬들
꾸벅 졸다가
놀라 깨어난
해무들 넘다드는
쉼터

하늘의 가슴 터져
검회색 갯벌이
한가득 열리면
그리움이 거니는 고향

파도의 하얀 눈물
비바람 소리에
눈보라 내리면
옛이야기 조잘대는 곳

마음의 고향

카페리호 뱃머리에
노니는 갈매기의
울음소리는
날 부르는 울 엄니 목소리

큰 바다의 부서지는
파도를 자맥질하는
돌고래의 유형은
친구들이 날 부르는 손짓

콧등을 타고 넘는
갯바람의 간지럼은
언덕배기를 구경하던
해돋이와 해넘이의 고향

해와 달과 비바람이
살고 자는 숙영지는
파도의 바다 그리고
갯벌이 지키는 내 맘에 섬

등목

한 여름 작두샘가에
엎드려 원산폭격 중인
런닝구 잃어버린 사내는
어이! 추워 춰!
아따! 차네

한낮 소낙비처럼
비명의 함성을 내어지르다가
등짝을 쓸고 만지며
탐한 부인 희롱에
그만 그만해

나그네가 훔쳐 본
내 붉어진 가슴속 등거리는
마누라 오른손가락
손바닥 회초리에
노을이 진다

하루의 민원

그, 고운 날의 아침에
달음박질한 현실에
마중 나온 하루의 헐떡임은
거친 한숨 흰 거품을 내뱉고

이, 흐린 날의 한낮에
날아온 아우성들은
가슴과 현실의 두 심방
가슴팍에 홍두께 절구질 하다

거, 칙칙한 어둠의 밤중까지
온 누리를 헤매는
땅거미와 뒹굴다 뻗어
지쳐 곤함에 끙끙 나자빠지면

요, 돌고 돌다 찾은 내일은
일 분의 일 초의 순간과
기약도 약속도 모호한
24시간을 짖어대는 모습이네

8월의 끄트머리

8월의 새벽에
기지개를 켜고
아침에 산마루의
달구비* 시원하고

8월의 아침에
찾아온 초가을 입김은
폭염이 잠들어버린
슈퍼컴퓨터이며

8월의 점심에
찬란한 태양의 꾸리는
만물이 영그는
환인시울*의 한울*에 미소이고

8월의 해거름*에
붉어진 노을의 실루엣은
우리들의 꿈들
온새미로 두루누리* 하여 준다

*달구비: 장대비
*환인시울: 천상을 다스리는 자의 눈과 입 둘레
*한울: 우주
*해거름: 해가 서쪽으로 기움
*온새미로 두루누리: 온 세상을 모두 연결해 준다는 뜻

전화기

너덜너덜 비포장길
뻔한 고속도로를
달리는 소리의 몸뚱이에
기생하는 손짓과 발짓은

어제와 오늘 내일의
마음의 주고받는 사연과
삶의 가슴들이 남몰래

책상과 진열된 가구
모퉁아리에 앉아서
무표정한 서로를 쳐다보며

조그만 입술에서 흐르는
모양과 가슴을
모두 다 짊어진 이야기들
모여 사는 세상이랍니다

오침

점심 먹고 배부르고
졸리거든 책상에
엎드려 그냥 자거라
한낮의 자유를
욕심내지 않으니

가을 하늘의 맑고
청량한 흰 구름과
속삭이며 그냥 자거라
한낮의 여유는
빼앗지 않을 테니

자네와 나 그리고 우리
세상 던져버리고
내일과 그냥 자거라
한낮 정오는
나만의 세상이다

억새풀 꽃

긴 허리 긴 머리
긴 길가
배 불뚝 언덕에
홀로 남아서
흰 눈썹 뽑히어서 날리는
앙큼한 꽃술들
예쁘게 하얗게 피어난
가을의 들녘에서

한 시간 한 세월
한 시름
비켜 선 이야기를
가을날 오후에
붉은 노을이 쓰고 그리는
봄여름의 추억
너무나 고와서 간직한
소중한 임이지요

부제
−다음 글

글씨들 모임에
제목을 부재
쟁이라는 탈을 씌우고

수많은 이야기들
화병에 담아
노을에 취한 석양
바다에 빠져버리면

은하수 골짜기에
샘물을 길어다
밤새워 퍼 마시고
지난 새벽에게 전하다

오늘도 글이라는
기다란 그림자를
쟁이라는 하고

동녘의 부재
햇살 항아리
요람의 자궁
품에 잠을 청한다

돌팔매질

정도리 바닷가 몽돌 밭에
심어놓은 검은 돌

바다를 여행하다가
파도와 만나면
숨소리도 못 내고
거품에 묻혀
버물려 자맥질을 해댈 적

해변의 바람과 파도들이
조각한 예술품

수억 년 모아 만들어준
청환석 한 손에 쥐고
옆구리 비틀어
푸른 물감에
빠뜨리면 노을빛 깜짝 놀라

구계등을 새빨갛게 색칠하다
검푸른 바다가 된다

* 완도 정도리 해변에서 해 떨어질 때

관리비

A4용지 고이 접어서
보내온 사각봉투에
컴퓨터로 인쇄한
정확한 동·호수에

공용이란 이것이고
수돗물이란 고것이며
전기세란 요것이다

한 지붕 한 가족
사각봉투 A4용지에
개인의 사생활들

웃고 울며 싸우고
먹고 자고 싸고
일거수 일투족
잘도 정리해 두었네

부표

망망대해의 귀퉁이에서
오늘과 내일의 보람과
수많은 사연 앉고 앉아

녹슨 쇠사슬에 매달린

바다와 한 몸뚱이로
하늘의 모든 생각들
해천(海天)의 우주 나날을

동심동체로 태어나

목줄 하나에 얽힌
몸과 눈의 외눈박이
표지와 빛의 한평생

중생들 영리를 위하여

고삐에 구멍 끼워져
어지런 해상과 해도
지킴이로 살다가 간다

단풍

일 년 열두 달 스물 내 시간
햇볕의 가이드 삼아
봄과 여름 가을 겨울에
산과 들을 여행하다

뒤돌아 본

동장군 옷깃에 살찐
아지랑이
어리~디
어린 새싹 피고 지다

되돌아 본

생각나는 삶과 가을이
유리창에 비치는 화려함
수줍어서 나부끼는
우리들 눈빛의 결실입니다

가을의 정

여름이 도망을 가면
가을이 뛰어 오겠지요

아침과 저녁이면
한 잎 두 잎 단풍은
찬바람 한 순간에
가지에서 분가하고

서리의 잔설들이면
따스함을 머금은
햇살이 수줍은 석양엔
찬 커피 마시는

아랫목이 데워진 밤은
가을의 나팔이겠지요

아침 비

새벽을 깨워버린
유리창문의 외침에
두 입술에 문 담배의
연기가
안개와 구름처럼
마음의 옷과 몸을 찾아서

돌고 돌다가
소나무 잎사귀 끝에서
떨어져 버리면

그 아침 햇살은
동녘이란 삶의 일생을
두 눈을 뜨고 보지도
못한 채
아침이란 미명 아래
하루 종일 울어대겠지요

시월의 태극기

내일과 모래
시월에
비바람 눈보라 속의
태극기는
이백팔 자 십육 소절 노래에
가로 세로 3:2 자유와 정의
백의민족께 충성을 휘날리다

기쁨과 설움
시월에
빨강과 파랑색 일원의
태극기는
건·곤·감·리 네 개의 괘
음양과 3, 4, 5, 6이 거꾸로 될까
맹세의 눈물을 쏟아대다

변덕과 변화
시월에
자연 사방위 사계절
태극기는
고운 날 궂은 날 오후에도

깃봉과 깃면 그 사이에서
깃대와 봉 아래를 꼭 붙잡고 산다

*박근혜 정부 실망감

찾고 싶을 때

가로등 깨진 전봇대라도 좋다
바람 없는 언덕배기
꽃잎도 이름도 없는
잡초라 해도 좋다

정말 기대고 싶을 땐
당신과 함께 있을 때

너와 나

정말 둘이서 있을 땐
우리가 같이 있을 때

허공도 나는 좋다
파도가 요란한 바다
논밭수로 냇가의 강
비바람구름 동산 산마루가 좋다

11월의 단풍

내 네가 부끄러워
고개를 숙일 제
한 점 바람 색깔
날리는 이파리와

내 네의 수줍음에
고개를 흔들 제
한 점 구름 색깔
달리는 잎새들은

내 네가 네 내가
서로가 서로를
한 점 티끌 모인
지나친 지난 이야기가

부끄럽고 수줍어서
고개를 못 들고서
타는 가슴 붉은 피의
민낯들입니다

제3부

살금살금

슬픈 침묵

계절 아침의 만추에
가로수 철부지 길은
수줍도록 붉은 단풍
처량한 낙엽

그 인간들
정신 못 차린

삿대질 흐르는 시간
몸부림 울부림 요란한
민심 성난 촛불에도

이녁 못 챙긴
그 사람들

썩어간 창자
빈 내장만 빙빙 돌다
기나긴 침묵의 세월은
배고파 죽어간다

* 최순실의 국정논란?

하루의 길

오늘만 하루고
낮과 밤이라면
매일 그 나날
언제나 그대로일까요

오늘만 하루가
너와 나 영원이라면
키 없는 그 어디로
항해나 해야 할까요

오늘만 하루의
태양이 촛불이라면
촛농을 그리 몸을
불사르지는 못 할까요

오늘만 하루면
기다리다 쓰러진
들판에 그냥 앉아서
혼자서 기도나 할까요

보고픔

너와 나에
그리움 그리워 돋아나

달려 나온 강기슭에서
아침을 맞이하다
닭 홰소리에 놀라
풀잎의 이슬과 울고

너와 나에
그리움과 기다림 솟아난

웅크린 비탈언덕에서
석양을 만들려
달음질치던 태양
바다의 파도와 놀다

너와 나에
뒤탈이 난 몸과 마음

우리들의 일 년 열두 달
하루 다리품을 팔다
눈알맹이 모두 빠진
심장에 코 박고 잔다

겨울방학

눈보라 서러운 눈물
12월 셋째 주
오후에
내리지 겨울의 못한
얼어붙은 빗소리가
천장을 울리고

구타에 기절초풍한
백열등 형광등 LED
전구들
흰머리를 산발한
흐릿한 눈빛들과
교정을 맴돌던

천둥번개의 사연들
어제와 오늘과
내일에
수많은 희로애락
애증의 목이 마른
눈꽃 여행을 떠난다

오는 봄

이른 날
새벽을 밟는
가벼운
한 발 한 걸음

맑은 날
바람을 걷는
구름의
하얀 두 발자국

밝은 날
안개로 피어
내일의
걸음마가 된다

아! 겨울

적막을 깨부순 사계의 막내
추워서 옷깃을 떨던 수많은 밤

북풍한설 우짖던
소리가 귓전을 돌며 하품하던
안개의 꽃 서리가
두 손의 합장 기도하는 들녘에
손짓발짓을 하다

뚜벅뚜벅 걸음 말 없는 너나들이
소랑함마저 기다리는 갈증

상처의 고독

아픔과 슬픔에
위로와 보살핌
누구도 무관심
침묵만 있어줘

그냥 두고 긁으면
시원할 거야
동료와 이웃이
옆에 있으니까

큰 것도 아무도
모를 것이고
작음도 아무도
모를 것이고

위로 받으면
푸근히 풀리고
시간 지나면
아픔이 낫사오니

낙하물(落下物)

툭~ 세상에나 무참하게 버림받아
깨어진 나는
파편으로 태어나
주르륵 주르륵
없는 눈물을 흘리며 살다

헉~ 세상에나 정처 없이 뒹굴다
쓰러진 너는
검은 길바닥을
또 아악 또박
맨 몸뚱이 두 발로 거닐며

아~ 세상에나 바람에게 소박 맞은
입술 둘 우리
도시의 시궁창에
짙은 어두움과
소통하는 벙어리가 되어간다

겨울

오들거리는 비바람들
얼어붙어 내리는 하얀 눈

어둠마다 오고가는
속삭임

이야기
전설들이 찾아와서

각자 자신을 또렷하게 새기는
발자국들의 계절이다

봄비

살바람에 내려오니
봄비겠지요

하늬바람 구름 사이로
내려와
땅바닥을
촉촉이 감싸고 웃고

골바람 꼭대기 사이로
달려와
온 누리를
따뜻이 안아 보듬고

돌개바람 생각 사이로
살며시
찾아와서
고통의 눈물을 훔치는

봄바람에 나려오니
봄비겠지요

강 곁의 벤치

용의 머리를 사랑하다
주저앉은
나무 판때기 널빤지 위에

홀로 남아서

바라보는 뫼 산골짜기
드러누워
허리를 토막내어버린 곳

앙상하게 남은

땅 껍질 흠집을 내어
만들어버린
너울 가장자리 조형물에

홀로 앉아서

눈두덩 퉁퉁 부어올라
비도 바람도
숨결도 잠든 내 자리이다

눈 오는 삼월

추운 겨울의 뒤 삼월 오후에
만난 우리의 나는
이름 모를 그곳에서
갑자기 쏟아져 내리는
그 눈 때문에

차가운 손을 붙잡고 거닐며
속삭인 우리의 나는
그날의 눈 때문에
미끄러진 뒷발길에 지워진
그날 발자국은

그날을 담았던 호주머니만
기억하는 우리의 나는
그날의 삼월이 오면
따뜻한 손을 가슴에 넣고
오늘도 걷고 있네요

자목련

하얀 눈 100일 동안
기다려 피어나는
내 붉은 꽃 가슴 삼월에

이른 아침을 반기는 꽃은

하얀 마음 100일 동안
기다리다 지친
내 붉은 꽃 얼굴 삼월에

한낮의 따사로운 꽃은

하얀 순백 100일 동안
사모했기 때문에
내 붉은 꽃 수줍은 삼월에

붉은 노을이 아쉬운 꽃은

하얀 사랑 100일 동안
사랑한 내 잎은
내 붉은 꽃 입술에 피겠지요

신항(新港)의 깨도[*]

2014년 4월 16일 그날
워메 뭔 일이 당가 참말로
북위 34도 11분 36초 동경 125도 56분 48초

비바람과 구름 달과 별
피와 눈물 메말라 버려
목이 타 울고 볼 때

일천칠십삼일 동안
맹골이란 수도에 잡혀
죽지도 날지도 못한 혼백들

이천십칠년 삼월 이십이일
노란 리본 산골 구름과
잭슨목련꽃으로 피어나

이천십칠년 삼월 삼십일일
부두에 옆으로 누워
녹슨 칼잠도 펑크 나 졸고

2014년 4월 16일 그날
오메 오메 뭣이라고 진짜로
476명 중 304명이 성난 조류에 물려

하늘과 땅 바다도 아파
비명도 없이 두 눈 뜨고
폴세 죽어버렸다

* 깨도: 제대로 모르고 있던 사물의 본질이나 진리 따위의 숨은 참
뜻을 뒤늦게 알아차림.

1.0.7.3. 1073은

하느님요
저것 1.0.7.3. 찢어진 저들은
온 누리에 그 누구요

천지신명님요
이것 1073 한숨의 숫자는
취부의 그 냄새들인가요

부처님요
저것 1.0.7.3. 짓밟힌 저들은
세상천지에 그 누구요

옥황상제님요
이것 1073 기억의 숫자는
망각의 그 유령들인가요

＊1073: 세월호 맹골수로에 수장(침몰) 일수

빗물은 울보

흐르는 세월 속에
바람은

세상풍파에
지쳐 울던
내일은 놀라 졸도를 하고

도주하는 시간 속에
구름은

세상잡담들과
함께 모여
어제 버린 추억들을 찾고

태양을 놓쳐버린
달빛은

바람과 구름과
설디 서러워
울음보따리를 풀어헤친다

부두의 하루

뱃고동 소리
지져 불어대는 선창가
아침 참
이놈의 상쾌함은
거시기 울리고 퍼지면
쉬놀던 갈매기
나래를 멈칫대는

돛단배 뱃머리
들이박아 버린 선착장
점심 참
저놈의 배고픔에
머시기 달음질 쳐 오면
기다린 목마름
지쳐서 숨이 머진

바닷가 노을이
색조화장 떡칠한 바닷가
저녁 참
고놈의 수줍음은
저시기 항구의 말뚝과
어둠의 주인들
해름*을 불러댄다

* 해름: 해가 서쪽으로 넘어갈 무렵

유달산 연가

고단한 세상에
바람의 둥지 율동(一等)바우는
물길 같이 살아온 삶을
삼학도와 삿갓바우에서
찾아 헤매 노닐다

우연한 세월의
구름의 쉼터 이동(二等)바우는
어제의 우리를 거울로
용머리바우와 구도에
내일을 비춰보면서

속세의 욕망과
젖무덤 없는 자손(女子)낭구의
배고픈 현실의 껍딱들은
노적봉을 기웃대며
인연을 훔쳐본다

꿈! 이냐?

지금을 짊어진!
인생보따리 몸통아?
나그네 돌담길을
돌고 돌아서 찾은
요런 마음과
고런 마음의 우리들

미래가 새겨진!
삼라만상의 두뇌야?
너나 나나 다같이
손가락으로 그린
허연 종이에
자신들의 자화상

현실을 보관한!
희로애락의 얼굴아?
젊음이 있는 그곳에서
걷고 뛰어서 찾은
청천의 미래
이녁 한번 안아보자

설화(삼학도)의 눈물

우물가 두레박과
버들잎 총각을 흠모하던
섬 처녀의 손과 발짓 따라
석양이 갯바닥에 곤두박질을 하면
영혼은 하늘로 날아가고

짝사랑에 빠진
들물과 날물의 사랑
서로와 서로의 서투른 인연
사리 때 여의 주둥이 된 기암괴석의
소용돌이는 대답이 없고

너무나 그리운
물결 너울의 여울의 소망
바람과 세월에 뚫려버린 심장
심술꾸러기 갈매기의 노래가 되고
연륙으로 인한 난개발로

현실에 한눈을 판
섬과 섬은 뱃길을 잃고
전설의 구전들 인간들에 욕심에
세상의 더러운 시선 그 엉큼한 불빛의
윙크에 녹아 흐른다

제4부

폴딱폴딱

나의 고향

해풍과 두루마리구름
천사(1004)의 섬 소식에
물 좋은 바닷고기들의 자맥질과

간들간들 봄에 찾은
어릴 적 체취는
엄니 젖꼭지처럼 목젖을 적시고

흘레바람 여름 한낮의
무더위의 신체는
새끼를 땀샘에서 하나둘 키우다

건들건들 가을에 핀
가을꽃 향기는
역마살에 방황하는 나그네와

고추바람 겨울의 풍선(風船)은
치섬(雉陜=箕島)의 바닷길
키와 노와 돛대와 돛을 내려놓고

포구의 아침 입김 해무는
치섬의 꿩 소리
가득한 아침이슬방울로 피어난다

여느 날

그날의 천지는
비와 바람과 구름도
피 눈물을 못 흘리다
무슨 일인지도 모르고
메말라 버렸다

가슴은 마음을 보듬고
인간은 사람을 껴안고

시간과 세월은 서로와
오늘은 내일과 미래와

상상의 생각을 만들던
순간의 연속된 흐름들

그날의 산천은
괴로움 슬픔도 애가 타
울음마저 눈도 못 감고
무슨 일인지도 모르고
떠나가 버렸다

청산도의 마음

범바위 호랑이가
두 눈꺼풀 무거운 어둠을
내려놓은 바닷가에서

말이 무서운 입술의 설렘이
요동치는 나침반과
눈치가 무척 빠른 외로움이
펼쳐진 유채꽃밭과
해산물의 비릿함이 진동하는
지리청송해변 노을

상서리 돌담길을 걷는
파시가 야옹야옹 침 흘리는
야밤이 되고 싶다

* 완도군 청산도 구들장 논두렁에 앉아서

척판암

불광산 무더위 골바람
거세게 휘몰아친 기대감
무거운 산허리 등성이

천년의 고찰에 그을림 세월들

인연의 고리 기나긴 끈들
자아를 붙들어 맨 발걸음
요망한 속세가 넘치는 뜰
하늘의 여백 숲속의 향기
두 눈 동공 빠져 사는 곳
계곡에 나래 편 녹음 잔치

마음껏 갖고 즐기고파 찾아와

독성산신각에 무릎 꿇고
삼배에 두 손 머리에 이고
이 못난 충원들을 빈다

숨겨둔 편지

낮과 밤이 헤어진 날
엿보다 들켜버린
시계의 발자국
내 님이 다녀갔나 봐

기웃거리다 갸웃이 보면
태풍이 오던 날
남모르게 하늘이
보내온 뜬 구름편지나 보다

해와 달이 바뀌는 날
숨죽여 달아오른
우리의 포옹은
잠결에 꿈이었나봐

갸웃거리다 갸웃이 보면
미풍이 찾는 날
기다림이 민망한
흰 종이 한 장뿐인가 보다

너의 눈

너만을 바라보는 내 마음

미련마저 들킬까봐
내 눈꺼풀을 닫고

바람이 빼앗을까봐
네 한숨 마시는 요 마음

가슴마저 들킬까봐
지 입술을 깨물고

눈물을 훔치려다
네게 들켜버린 이 마음

남들마저 읽을까봐
추억 쌓인 눈동자

내 눈물로 닦아버린다

나의 계절

기우뚱 지구는
시간과 세월의
녹을 머금은 햇빛과
노닥이는 동과 서쪽의 사랑
사계절이 되고

계절의 잎새를
찾은 오늘은
산천 동식물 우짖는
바람의 남과 북쪽 신접살림
풍광을 잉태하고

발 없는 지구본도
벙어리 인생도
낮과 밤의 밀월을
엿보다 혼쭐난 주름 쫓기다
낙서를 해댄다

냇물의 소원

맑은 날 좋은 날
산과 들 산책을 하다
골짜기와 만나면
노래하고
내달리다 가픈 숨
몰아쉬고

빗방울 지쳐서
이엉 용마름에 앉아다
내려와 앞뒤 뜰
흙탕물과
도랑에서 만나서
속삭이다

코빼기 바위 밑
물보라 꽃으로 피어
바다를 만나면
네 사랑이
좋아하는 꽃소금이
될랍니다

상 받는 날

첫 번째 상 받는 날에는

태어날 적 그날 눈뜨며
다리 밑에서 받은 세상
열두 달 하루 세 끼니
밥상으로 받고

두 번째 상 받는 날에는

삶의 소풍 이야기
입방아로 받은 상
새와 바람 소리 사람들 버물린
꽃밭을 거닐며 놀다

세 번째 상 받는 날에는

인생에 끝 벼랑 거기서
피고 지는 곡소리와
먼 하늘로 가는 꽃가마를
타 보겠지요

흐린 날

하늘이 없는
곳
허공에

그런 것들 저런 것들

구름과
비
사이에 마음

오늘

오늘이 있으니
어제가 있었고

오늘이 지나면
내일이 오겠지

그러니 오늘이
너무나도 좋다

생각

너
나

뭘까요
그리고

뭐
뭐

제5부

생각에 잠기면

그럴 거야

그래 겨울이란 춥고
그래 봄이란 따뜻할 거야
그래 그래 계절에 따라서
남풍도 북풍도 불겠지

그래 그래
오늘은 오늘만큼
내일은 내일만큼
꼭 그만큼 바람이 불 거야

그지 그지

우리들에게
그지 그지
그래야 내일이 올 거야
그지 그지 그지잉

버스 안에서

바람을 에너지 삼아
달리는 버스 안에서
차창 밖 플래카드는

혹여 나의 벅찬 희망의 꿈

던지면 돈이 되고
당기면 내 것이래

아이쿠 대가리 돌머리야

나 이제 이제는 그만
차라리 생각을 바꿔야지
이제 이제는 바꿔야지

첫눈

올해 12월에는
찬바람이 귓불을 때리면
추위는 가슴을 찾아와
하얀 솜털 머문 눈물
첫 소식이 되어 난리다

금년 12월에는
속삭임이 귓불을 핥으면
두 입술맞춤 달콤한
하얀 치아의 틈 사이로
첫 입김이 되어 날으다

한해 12월에는
우리의 이야기들이 찾아와
하늘에서 세상에 펼쳐 둔
발자국에 스케치북이 되어
소복수복 하나둘 쌓이겠지

가자

시끌버끌 대지 말고
짧게 노닐다 가자

혹시 웃고 울다가도

아등바등 대지 말고
조용히 즐기다 가자

다들 좋아 하더라도

촐랑촐랑 대지 말고
먹고 살았으면 가자

그 바람 맛을 봤으면

해돋이

간밤의 기다림뿐인
욕망의 눈으로
온몸을 핥아대면요

어둠의 알몸뚱이라
지평선과 수평선에서
설렘 창피해 부끄러운

앞마당과 뒷마당
돌담길 너머의
산과 들 바다에

강 너머 마을에
금년에 태어난
첫 번째 갓난이네요

안경

동그랗게 둥글게
두 눈 위에 겹쳐
콧잔등에 주저앉아

동그란 뿔테들에
기생을 하며 노다

잠결에 내팽개친
오늘이란 아등바등
뭉실한 세상입니다

손

나 양쪽 팔 너와 똑같은

내 두 팔 맨 끝에
내 물건을 만들고
내 지능을 보유한

다섯 손가락의 엄니이죠

틈새

누구를 찾는 걸까요
숨어들은 불빛 하나

문틈 틈새로 남몰래
잠결에 보았던
어여쁜 숨결일까요
따뜻한 체취일까요
꿈결에 노크한
창문 틈새로 조용히

소곤대는 바람 하나
그 누가 그리울까요

재생화분

온 세상 꽃과 잡초들이
먹고 사는
깨진 옹기 하나는
내 삶의 쉼터
우리들 이야기보따리의

앞뜰과 뒷마당 들판에
송이송이 꽃
내음 향기의
온 몸부림은
너와 나 우리들 일상의

즐거움과 아름다움이
노닐다 가는
초가지붕 그림자가
나 이빨 빠져
웃어대는 깨진 사발이다

필통

낙서를 해대고 싶어
검은 혓바닥 날름 침 흘리는
몽당연필
구석의 빈틈에서
고개를 처박고 술래를 하고

잘라먹을 생각에
두 입술 아가리를 벌린
가위 하나
두 주먹 폼을 쥐고
설레발 쳐대며 살아갈 적

종이와 연필 녀석들
자르고 깎아버리고 싶은
숨어 사는 칼날
욕구의 몸부림에
꿈에서도 찬바라* 춤을 춘다

* 찬바라: 칼싸움

온돌

한겨울 추운 날
장작불 가마솥이 굽고
데워놓은 구들장 아랫목
온돌에 누워서
꿈이 가득한 잠을 청하고 싶다

온돌이 등거리를 토닥거리고
따뜻한 입김을 풀어주는
황토 연기 냄새 그윽한
방구석 온돌에서
겨우내 남몰래 잠을 자고 싶다

동백꽃

눈꽃들이 다투며 피는
동지섣달그믐날
가슴에 빨간색 피
마음에 곱게 담아 숨겨서두고요

하얀 꽃 추워서 우는
눈보라의 겨울
설익은 봄의 빛깔
부끄러워 내려앉지 못할 적에

한해의 눈물을 훔쳐와
수채화 배합률
잘 몰라 들킬까봐
서둘러 발라버린 입술의 치장

고드름 녹아내린 빛
피눈물로 떨어져
충혈 된 두 눈가에
아롱아롱 피어나는 여신입니다

모닝커피

냉온수기 빨간 버튼
왼손으로 누르고
오른손에 받쳐 든
종이컵 하나

달콤함이 그리 아쉬워
동그란 입 크게 벌려
애원하며 따뜻한 김
내어 뿜을 때

서랍에 달랑 하나 남은
길쭉한 커피 봉지
꺼내어 털어 넣고
껍질로 저어대면

콧구멍 간질이는 향기
아침 입술을 꼬집으면
혓바닥과 목구멍이
촉촉이 젖는다

딱풀

책상 위에 홀로 서 있는
노랑 파랑 원통 하나
무심코 바라보다
팬을 든다

말없이?

지나간 것들은 토하고
지금의 이것을 씹으며
다가올 것들 먹으려면
어떤 구절을 부르다가
조그만 봉투에 확 박아
고요히 밀봉해 버릴까

책상의 서랍 속에 있는
저 무독성 초강력
내용물을 꺼낼까
노려본다

독하게?

줄자

생의 모든 것들을
24시간 시계처럼 재보려는
어리석음 가득한
마음으로요

비밀을 엿듣는
귀때기와 키 재기 하는
마음까지 시커먼
나의 머리카락들과
세월을 미워하는
속세의 몸짓과
그림자들 같이요

자신만을 채우려
돌담고삿도랑에 휘몰아치는
구정물 깊이를
재는 것처럼요

결속선

우리란 인연을 고래심줄 같은
철사로
심장과 뼈대를 묶고
기둥에 묶어 연결하고
피와 살을 붙여서
너와나 건축물을 지어놓고

그리고 나서

우리들 공간의 마루에서
하루 종일 기리다
평생을 살면서 마주친
만남들이 수많은
세상에
제일 달콤한 밀어로 묶어놓자

머리카락

검정 가마솥 걸어 논
아궁이에 갈퀴나무 모아
시래기와 나물을 뜯어다
꽁보리에 서숙을 뿌려
풀죽을 쑤던 울 엄니

매캐한 연기를
탓하시며 남몰래
눈물을 훔치시던
정월보름달 얼굴

검정빛 치렁치렁
허리춤 감싸던 머리카락
꼬부랑 등거리 주름진 얼굴
굴뚝 위 세월의 연기처럼
서릿발이 내리셨다

외침

소리를 질러 외쳐보자
비바람이 부는 날에도
눈보라치는 날에도
햇빛이 고운 정오에도
어두운 한밤중에도
온 세상이 훤하게
밝아오는 아침까지

목이 터져라 외쳐보자
시내의 한복판에서도
시장통의 골목에서도
논두렁 밭두렁에서도
앞뜰과 뒤뜰에서도
온 마을에 봄날이
오는 그때까지

세월

참 좋다
연료와 에너지가 없어도
시간만 지나면
잘도 가니까

그러나
너와 나 우리들의 삶은
번뇌의 고민으로
배가 고프다

제6부

〈수필〉
마이 패션 슈즈 My fashion shoes
‘꺼멍고무신’

나는 가끔씩 나의 추억이란? 그 구차한 기억을 '더듬더듬' 더듬어 보며 '구질구질' 발걸음을 혼자서 옮기다 보면 피식 웃음이 나올 때도 있으며 두 눈시울 붉어질 때도 있다.

세월 속에 묶인 추억과 잃어버린 시간들이 만감을 교차하면서 가슴에 가난의 비수에 구멍을 뚫고 만지며 한겨울 신작로를 '너덜너덜' 걸으면 찬바람 불고, 봄날 하늬바람 불면 데워지고 여름날 태풍 천둥번개에 놀란 가슴을 헐떡거리다 가을날 홍시를 쳐다보며, 그 옛날 소싯적 '팔딱팔딱' 뛰면서 어무니(어머니)의 '누리끼리 한 당목 고쟁이를 동여맨 지푸락 새내끼줄(새끼줄)' 붙잡고 보리밥 티 말라비틀어진 똥구멍 뒤쪽을 '쫄랑쫄랑' 따라다니며 신고 다니던 내 맨발보다 내 생각에는 아마 사이즈(size)가 두 세 배쯤은 더 커 보이던 꺼멍(검정)고무신 아마도 상표는 그때 당시에는 너무나도 유명한 메이커(Maker) 국제화학의 타이어(Tire)표 국민의 신발 꺼멍 통고무신이었을 것이다.

전라남도 무안군 하의도(현 행정구역은 신안군 신의도에서 뚝 떨어진 섬) 낙도. 또깨비(귀신) 잡는 해병대 같이 무서운 파도와 바다에 포위되고, 첩보위성 같은 갈매기 초병이 지키는 나의 고향의 외로운 섬. 그곳에서 태어난 나는 배로 지금은 반나절거리(그때 돛단배는 바람과 물때가 안 맞으면 3~4일 내지 일주일도 걸림)인 중학교가 있는 목포로 입학시험 보러 돛단배를 타고 나오기 전까지는 신작로와 자동차는 국민(초등)학교 사회책에서 그림으로 보았지만 실제로는 빨간 벽돌로 지은 2층 집과 세 바퀴로 달리는 삼륜차와 두 바퀴 손수레, 그리고 자동차의 경적 소리는 태어나서 지금까지 들어본 적도 없고, 파도 소리와 갈매기 울음소리만 귓구멍에 피나게 들어보았다.

그때에 나는 목포 톱클래스(Top class) 공립 일등중학교 입학시험을 보려고 삼학도 앞 만호동 항구에 도착 황포돛대 2개짜리 배에서 선착장에 내려 아부지를 꽁무니만 보며 아부지를 놓치면 미아가 될세라 '좆대가리 빠지네 부라부라(허겁지겁)' 찻길 한복판을 걷고 있는데, 갑자기 사방이 요란스럽게 '시끌벅끌' "뛰~뛰~빠~아~앙 빵빵"

무엇이 못 마땅하였는지 바퀴가 앞에 하나 뒤에 둘, 세 개씩이나 있는 용달차 운전수란 양반 '빵앙~빵빵' 경적을 '허벌개창나게(조급하고 유난스럽게)' 울려대더니, 또 다시 '빵~앙~빵~앙~빵~앙~'

그 경적 소리에 놀란 신작로 한복판(자동차도로 가운데)에 멈춰 서서 철근처럼 제자리에 말뚝이 되어 버렸다. 그러자, 삼륜차 운전수 꼭 임꺽정 같이 생긴 양반 대그빡(머리)을 밖으로 쑥 내밀고, 눈썹을 '파르르~' 휘날리며 내가 무슨 큰 잘못이라도 저지른 것처럼 삿대질에 짜증난 목청으로 '야! 이 새끼야 싸게싸게(빨리빨리) 안 비껴 야! 이 새끼야! 아~ 차 암! 이 촌 노매(놈)새끼!' 고래고래 소리를 지르고 야단법석이다.

나는 무슨 대단한 일이 났나 하고 나는 두리번거리고 있는데, 그제야 아부지는 뒤돌아서서 나를 보시며 "아! 야 싸게 싸게 이리 온나, 요런 아! 야 쪼깐 후딱후딱(서둘러서) 신작로 건너와라 도시에서는 후딱 신작로를 건너 댕겨야 쓴다(갓길로 다녀야 한다)."고 하신다.

그 순간 아부지를 쳐다보며 도무지 이해가 되지 않아서 소눈깔을 해가지고 애초에 째깐 갤차(미리 좀 가리켜)주시면 얼메(마)나 좋을까! 기가 팍디져(꺾여) 겁에 질려 주춤거리며 주저하고 있으니, 조금 전 그 양반 또, 두 눈깔을 부라리며 "야! 임마. 야! 이 새끼야! 야! 쪼깐 싸게 싸게 잔 비켜(빨리빨리 비켜)!" 하신다.

그제야 제정신이 돌아온 나는 잽싸게(아주 빠르게) 두 손을 두 발 아래로 내려 양손에 꺼멍고무신을 벗어서 야무지게(꽉 움켜)쥐고 신작로 갓 도로(인도)로 피했다.

나를 지켜보고 계시던 아부지께서 굴레 수염이 쎄까만

운전수 양반에게 "때끼, 이 양반아! 애기한테 뭘 그렇게 욕질거리야!" 하시고는 "야! 야! 이놈아! 신발은 왜 벌고 지랄이냐!" 하신다.

그러자 나는 이렇게 대답을 했다. "아! 아부지 여기는 쎄멘또꽁꾸리또를 찌그러서 깨깟한 질빠닥(시멘트 포장한 깨끗한 도로)이구만요. 인자사(최근에) 쎄멘또 꽁꾸리또 찌끄러 놔서 깨깟한데요. 뭐?"

이때에 또 아우지께서는 "나 봐라. 그냥 희칸(흰) 고무신 신고 걸어 가냐?" 하시길래, 나는 안 돼요, 어무니가 지난번 때에 목포 중학교 시험 보러간다고 미리 사 주신다고 하시면서 도시에는 질빠닥 천지여서 요런 쎄멘 꽁꾸리또 떡칠한 빠닥 질에서는(시멘트가 많은 바닥 길에서는) 빨랑빨랑(빨리) 떨어진다고 쪼깐 애께서(조심해서) 깨깟이 신고 댕기라 하셨어요."

아부지께서는 빙그레 웃으시더니 "그래, 알았다." 하시며 "오늘은 그냥 신고 후딱 싸게 싸게 댕겨부러라(다녀라). 이번에 닳고 떨어지면 새 걸로 한 켤레 사 주마." 하시며, "단, 이번 참에 중핵꾜(학교) 시험에만 촥 달러 붙어 불면(합격하면) 발뿌닥에 딱 맞고 튼실한 희칸 운동화로 사주신다."라고 말씀을 하신다.

나는 한층 기분이 업(up) 되어 어무니께서 사준 꺼멍 고무신을 발뿌닥에 척하니 걸치고 의기양양하게 중핵꾜 시험장 교실로 입실하여 시험을 치르고 돌아왔다.

며칠 후(그해 12월 중순) '중학교 합격자 발표 날', 선생님께서 하의면 상태서리 치섬에서는 상태국민학교 분교에만 유일하게 있는 금성 라죠를(그때 GS라디오는 '금성 라듸오'로 표기) 손수 들고 집으로 오셔서 아버님과 두 분께서 항아리에 막걸리를 치(탁주를 걸러내는 키의 방언)에 걸려내서 맛나게 드시면서 청취하셨는데, 나의 수험번호는 재수가 좋다는 100점 만점 100번이었다.

'99번 합격~, 어어~, 100은 빼고, 잉? 101번 합격!' 100번은 꼭 합격한다는 신화는 깨어져 물거품이 되고…. '어어, 통재라.' 하느님, 부처님. 내 수험번호는 99까지 잘 불러놓고 다음 100번은 끝내 부르지 않는다.

그 뒤 한참 후. 몇 한 달 아니 사십여 일이 지나서 아무 말도 못하고 발등을 쳐다보니 나의 꺼멍고무신은 갈라져 찢어져 옆구리는 터지고 찢어지고 볼품도 없고 하여서 '영~ 영~' 신고 다니기에 불편하기에….

아부지께서 참으로 막걸리 한 사발 드시고 기분이 무척 좋아 보이는 어느 날 점심 때. 그래, 맞다. 지금도 생각이 난다. 나는 목구멍에 혓바닥 침을 발라 꿀꺽 삼키며 용기를 내어서 "아부지요~" 하고 조심스럽게 부르며 "아부지 전번에 목포 시험 보러 갔을 때 희칸 운동화 사준다고 하셨죠?" 하니까? "뭐야!~ 공부는 지 껍딱 대가리 타게서(지 엄니 머리 닮아서) 지질이도 못한 노무새끼가 무슨 새 신발 운동화타령이냐? 니! 껍딱한테 쩌그저짝

(저쪽) 헛간에 쳐 박아둔 내끼질 나이롱 고래힘줄(낚시용 나이론 줄)로 '꽉꽉' 짭매(꿰매어) 주라고 해서 365일 신고 댕겨부러라(다녀)!" 하시며 화를 벌컥 내신다.

아부지 옆에 계시던 어무니가 "그래서? 당신 집구석 대갈통은 얼마나 좋은디?" 하시며 들릴 듯 말 듯 "새끼 하고 약속을 했으면 지켜야지. 좆대가리에 붕알 두 짝 쳐 달려 갖고 한 입 갖고 두 말이여. C~8" 내 역성을 들며 "아따 요놈에 조둥이(입술)!" 손바닥으로 토닥토닥 패면서 "아따 거! 요참에 새로 하나 딱 사줘 부쏘잉~" 하신다.

아부지께서는 "허어! 너? 너? 뭐시라고 좆알거렸어잉? 이것을 확 그냥?" 오른손이 천장 서까래 거미줄까지 오르락내리락, 집안 분위기 태풍에 뱃머리 파도 부스러기! 한 겨울에 얼어붙은 동장군처럼 한참동안 '꿀 먹은 벙어리'

아부지께서는 "아! 그 씨잘대기 없는 소리하지 마. 돈이 어디 있어!" 하시며 담배만 '뻐끔뻐끔' 피우신다. 어무니께서는 "이리 줘 봐라." 하시더니 정부미포대 희칸 끄나풀(하얀 실)에 "에이, 퉤퉤." 불만이 가득한 가래침을 발라 바늘귀에 끼우시고 내 꺼멍고무신을 품에 꼭 껴안고 판자때기 툇마루에 쪼그리고 앉아, 희칸 끄나풀로 앞뒤 콧빵이(꿈치)와 여꿀태기(옆구리)가 터지고 찢어진 부분을 '듬성듬성' 끄나풀 두 줄을 튼튼히 감아 가새표(X자)로 꿰매어서 "여기 있다." 하며, 왼손으로 '쑥' 내밀어

주시니, 나는 얼른 받아서 신고 희칸 운동화는 고사하고 타이어(Tire)표 꺼멍고무신도 틀렸구나 생각하고 동네 친구들 만나려 번갯불처럼 뛰쳐나왔다.

지금에 와서 눈시울 시뻘게져 곰곰이 생각해 보면 나의 꺼멍고무신은 울 어무니 정성과 손때와 가래침이 '팍팍' 묻은 '희칸 끄나풀 가새표 수제 패션 슈즈(Fashion shoes)'였다.

그때에 어무니께서 가새표로 꿰매 주신 꺼멍고무신을 신고 뒷동산과 황토 흙바닥 길 온 동네 비포장 골목 길을 누비는 골목대장 별 네 개짜리 신발 이었고, 그때 그 섬 치섬분교 운동장에서 축구 할 때는 축구화, 농구 할 때는 농구화였다. 신발 앞 뒤 콧뺑이 옆굴태기에 희칸 끄나풀 바느질 실밥 가새표가 매우 또렷한 꺼멍고무신이 그때는 무자게도(무척이나) 창피했지만 지금 되새겨 생각해 보면 울 어무니께서는 요즘에 세계적으로 날리는 신발 메이커(Maker) 유명한 패션 디자이너(Fashion designer)들 보다 더 이이디어(Idea)와 솜씨가 훨씬 더 좋은 분이셨다.

그때 그 시절 생각나는 꺼멍고무신. 울 어무니께서 정부미포대기에서 뜯어낸 희칸 끄나풀로 꿰맨 앞뒤 코뺑이 옆굴태기 가새표 희칸 끄나풀 바느질표 패션 슈즈(Fashion shoes)는 지금은 그 누구도 살 수도, 만들 수도 없다고 한다.

그때의 나에게 아이고! 참말로 무자게 창피했던 그 수제 '마이 패션 슈즈(My fashion shoe)'는 천지창조 이후에 전 세계 모든 기록을 다 찾아봐도 지금까지 딱 단 한 켤레밖에 없었다고 나의 구전으로 전해온다.

그래서 그런지? 꺼멍고무신에 대한 아련한 추억 때문인지, 나는 지금도 굽이 다 낡아빠져 허름한 검정구두를 신을 수 있는 동녘이 수줍음을 붉게 타는 새벽의 출근길이 누구보다 더 즐겁고 보람차고 동창(東唱)의 속삭임과 상쾌한 공기를 무척이나 좋아한다.

천사들(1004섬)의 갯벌 이야기

김평배 지음

발 행 처 · 도서출판 청어
발 행 인 · 이영철
영   업 · 이동호
홍   보 · 천성래
기   획 · 남기환
편   집 · 방세화
디 자 인 · 이수빈 | 김영은
제작이사 · 공병한
인   쇄 · 두리터

등   록 · 1999년 5월 3일
(제321-3210000251001999000063호)

1판 1쇄 발행 · 2022년 6월 20일

주소 · 서울특별시 서초구 남부순환로 364길 8-15 동일빌딩 2층
대표전화 · 02-586-0477
팩시밀리 · 0303-0942-0478

홈페이지 · www.chungeobook.com
E-mail · ppi20@hanmail.net
ISBN · 979-11-6855-042-1(03810)